¿DÓN[ESTÁ ESE HUESO?

Escrito por Lucille Recht Penner
Ilustrado por Lynn Adams
Adaptación al español por Alma B. Ramírez

Kane Press, Inc.
New York

Book Design/Art Direction: Roberta Pressel

Library of Congress Cataloging-in-Publication Data

Penner, Lucille Recht.
  Where's that bone?/Lucille Recht Penner; illustrated by Lynn Adams.
    p. cm. — (Math matters.)
    Summary: Jill uses a map to keep track of the places where her dog Bingo has been burying his bones to save them from being taken by Hulk the cat.
    ISBN 1-57565-156-4 (pbk. : alk. paper)
    [1. Maps—Fiction. 2. Dogs—Fiction. 3. Bones—Fiction. 4. Cats—Fiction.]
    I. Adams, Lynn (Lynn Joan), ill. II. Title. III. Series.
PZ7.P38465 Wh 2000
[E]—dc21   99-088840
                                                                         CIP
                                                                          AC

10 9 8 7 6 5 4 3 2 1

First published in the United States of America in 2000 by Kane Press, Inc.
Printed in Hong Kong.

MATH MATTERS is a registered trademark of Kane Press, Inc.

—¡Vamos Bingo! —gritaba Jill todas
las mañanas. Entonces ella y su perro,
Bingo, se paseaban alrededor de la
cuadra. Cuando llegaban a casa, Jill
siempre le daba un hueso a Bingo.
Bingo amaba los huesos.

Un día, la Tía Sally vino a quedarse
por un tiempo. Trajo a su gato, Hulk.
Bingo le tenía miedo a Hulk.

Hulk saltaba encima de Bingo

Se comía su comida.

Hasta arrebataba los juguetes de Bingo.

Lo único bueno de Hulk era que
dormía mucho. Tomaba una siesta
muy larga todas las tardes.

El día después de que llegó Hulk,
Bingo no se comió su hueso. En vez, lo
enterró afuera en el jardín. Jill lo vió por
la ventana.

—¿Por qué está haciendo eso? —le
preguntó Jill a su mamá.

—Creo que lo está escondiendo de
Hulk —contestó ella.

—No te preocupes —le dijo Jill a
Bingo—. Los gatos no comen huesos.
Bingo sólo suspiró y puso la cabeza en sus
patas delanteras.

Más tarde ese mismo día, Hulk tomó su
siesta de la tarde.

—Saca tu hueso ahora —dijo Jill—. Te lo
puedes comer mientras Hulk está adentro
durmiendo.

Bingo escarbó aquí y allá. Pero no podía
recordar dónde había enterrado su hueso.

La misma cosa sucedió al siguiente día.
Y el día después de ese. Bingo enterraba
sus huesos. Después no podía encontrarlos.

Bingo continuaba perdiendo todos sus huesos. ¿Cómo podría ayudarle Jill?

Ella pensó y pensó. Al fin, lo tenía. Hizo un mapa grande de su jardín

La siguiente vez que Jill y Bingo
regresaron de su paseo, Jill se trepó a
su cabañita de árbol.

—¡Mamá! —llamó—. ¿Le das un
hueso a Bingo?

—Por supuesto —contestó su
mamá.

Jill observó a Bingo. Él cargó su hueso
detrás del alimentador de los pajaritos, y miró
a su alrededor.

14

Finalmente, Bingo enterró el hueso en frente del arbusto con flores rosadas.
Jill marcó el sitio en su mapa.

Al siguiente día, Bingo tomó otro
hueso. Caminó alrededor de la charca
de las tortugas. Olfateó el aire. Entonces
circuló el manzano. Bingo enterró el
hueso entre el árbol y una piedra.

Jill puso una X en su mapa a la
derecha del manzano.

16

De repente, Jill dió un salto. Hulk había
saltado adentro de la cabañita en el árbol.
Jill sabía que los gatos no podían leer los
mapas, pero cubrió el mapa por si acaso.

Afortunadamente, en ese momento
la Tía Sally llamó,
—¡Hulkito! ¡Es hora de una delicia!
—Qué bueno —dijo Jill mientras
Hulk bajaba corriendo del árbol.

Al siguiente día, Bingo escarbó un hoyo en frente del porche. Metió su hueso nuevo. Pero cuando vió a Hulk, lo sacó otra vez.

Bingo corrió sobre el puente hacia el jardín de flores. Oh – oh. Pero todo estaba bien. Sólo una flor se dobló cuando volvió a enterrar el hueso.

Bingo cargó el hueso por todo el jardín. De repente, se lanzó hacia detrás del columpio. Dió vuelta a la izquierda y enterró el hueso debajo del árbol donde estaba sentada Jill.

Jill le enseñó su mapa a Bingo. Había
marcado una X por cada hueso. Sería
fácil encontrarlos después de que se
marcharan Hulk y Tía Sally. Si acaso se
marcharan algún día.

Al fin, la Tía Sally estaba lista para irse a su casa.

—Adiós —llamó Jill. Bingo meneó el rabo con fuerza.

—Adiós —dijo Tía Sally

—Miau —dijo Hulk.

Yo ♥ Los Gatos

Al día siguiente, Jill y Bingo tomaron
un paseo largo. Cuando llegaron a casa,
Bingo quería un hueso. Jill lo sabía. Sacó
su mapa. —Vamos a encontrar uno —dijo.

¡Ea! ¡Bravo! El hueso estaba justo
dónde Jill había puesto la marca en su
mapa. Directamente debajo del árbol.

¡El mapa funcionó! Cada día sacaban
otro hueso. Pero el último hueso faltaba. Lo
único que encontraron fue un hoyo vacío.

Bingo miró a su alrededor. Jill sabía que él pensaba que Hulk se lo había llevado. Pero ella estaba segura de que los gatos no comían huesos. O, ¿acaso lo hacían?

Una semana después, Jill recibió una carta de su Tía Sally. En ella había una foto de Hulk. Y, ¿adivinen qué sostenía?

¡El hueso de Bingo!

—Tenías razón, Bingo —dijo Jill—. Creo que a los gatos sí les gustan los huesos. ¿Piensas que lean mapas, también?

GRÁFICA DE LA POSICIÓN

En cada dibujo, Bingo se esconde de Hulk.

¿Dónde está Bingo?

a **la izquierda** del arbol

a **la derecha** de la cubeta

debajo de la cobija

en el columpio

adentro de la casa

afuera del garaje

detrás de el cerco

entre los arbustos